P
308

Comme

Comme

Com · Com

Comme Com

Comme

omme

omme

par Jacques Alluis, de Grenoble
(Barbier 2470)

L'ACCOMMODEMENT

Ex Libris DE *Recollectorum*

L'ESPRIT

conventus ET *christianis*

DV CŒVR·

Iouxte la Copie imprimée à Paris.

A PARIS,

Chez Pierre Traboüillet, au Palais,
à l'entrée de la Galerie des Prisonniers,
à la Fortune.

M. DC. LXVIII.

A MONSIEVR
D. T.

Autheur du Démélé de l'Es-
prit & du Cœur, de l'A-
minte, du Berger Fidelle,
& autres Ouurages ; &
destiné nouuellement par
les Muses à la Traduction
de la Philis de Scire.

ONSIEVR,

Ie ferois au defefpoir, fi
vous croiyez que i'euffe en-

trepris cette Piece feule-
ment pour vous defobli-
ger, ou pour cenfurer voftre dernier Ouurage, que
l'on ne fçauroit lire fans ad-
miration. I'ay trop d'eftime & de refpect pour le
Traducteur de l'*Aminte* &
du *Berger Fidelle*, pour
vouloir le fafcher fans fujet ; & par voftre *Démélé
de l'Efprit & du Cœur*, ie
vous connois trop fçauant
en matiere de *Démélez*,
pour vouloir en auoir vn
auec vous. Ce qui m'a mis
la Plume a la main pour

compofer cette Galanterie,
eft fans doute le mefme fujet qui vous a obligé à compofer la voftre. *Aminte* a
obtenu fur moy ce que
vous auez accordé aux
prieres d'*Amarante*; & ma
Maiftreffe m'a contraint
d'accommoder le *Démélé*
que la voftre vous auoit af-
furément obligé de faire.
Voila, MONSIEVR, le
veritable motif de cét Ouurage; vous eftes trop jufte
& trop raifonnable, pour
def-approuuer mon proce-
dé; & vous fçauez trop juf-

qu'où va le pouuoir de l'A-
mour, pour n'excuſer pas
toutes les choſes qu'elle ſait
entreprendre   En effet,
comment pouuois je refu-
ſer vne Perſonne que i'eſtime & que i'aime, & qui
peut-eſtre, ſi ie l'oſe dire,
m'aime & m'eſtime? le ne
pouuois la refuſer ſans per-
dre vne des deux faueurs
qu'elle m'accordoit, & a-
pres leſquelles i'auois ſoû-
piré tant d'années : Elle
m'euſt accuſé, auec juſtice,
ou de peu d'amour, & i'en
ſerois mort de regret & de

EPISTRE.

déplaifir; ou de peu d'efprit, & i'en ferois mort de
honte; moy qui luy auois
mille fois protefté que fa
beauté en m'infpirant de
l'Amour, m'auoit infpiré
de l'Efprit. Iugez apres
cela, MONSIEVR, fi ie
pouuois me defendre de
faire ce que i'ay fait; il y
alloit de ma vie, pour la
conferuation de laquelle il
n'eft aucun moyen qu'on
ne puiffe appeller tres-jufte
& tres-honorable. Cepen-
dant l'apprehenfion que i'a-
uois que vous ne priffiez

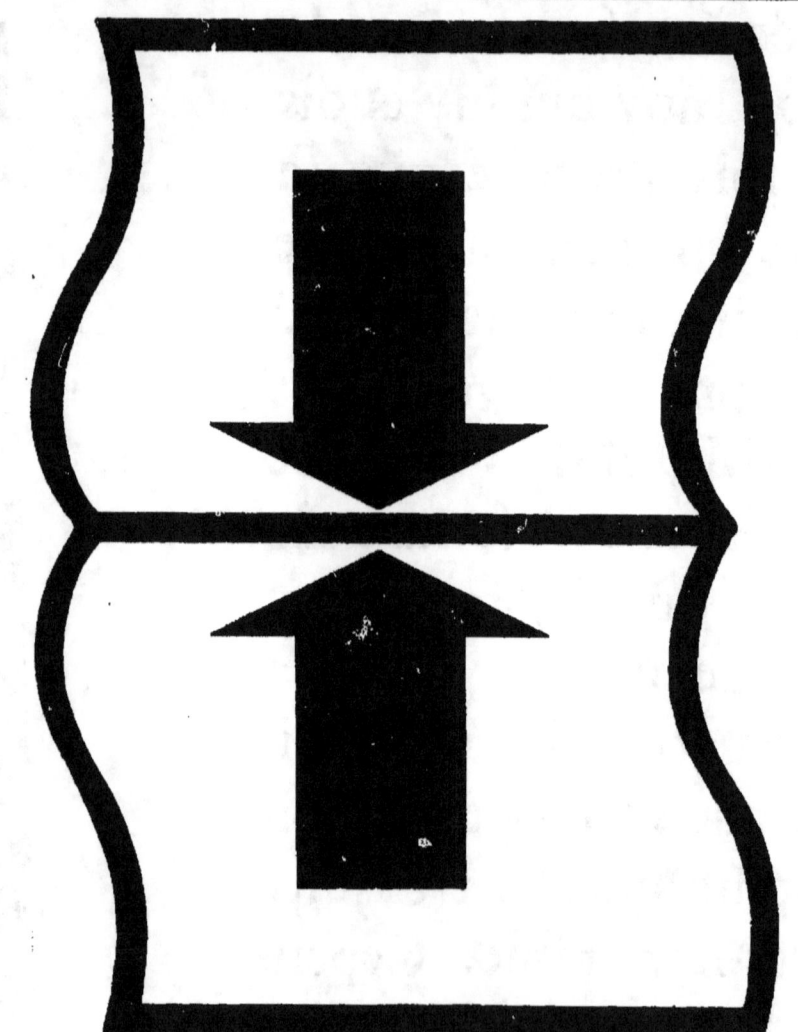

Reliure serrée

EPISTRE.

ma liberté en mauuaiſe part, eſt cauſe que i'ay pris celle de vous offrir cette Piece, que ie vous prie d'ac-cepter ſans colere : Elle n'auroit eſté veuë que de vous ſeule, ſi voſtre Nom m'eût eſté auſſi connu que vos merueilleux Ouurages le ſont à chacun; mais com-me voſtre Nom & voſtre Perſonne me ſont égale-ment étrangers, i'ay eſté forcé de la donner au Pu-blic, & d'en faire part à tout le Monde, duquel ſans doute vous eſtes vn des

plus beaux ornemens. Ap-
prouuez ma resolution, ie
vous en conjure, & trou-
uez bon que ie me die, &
de vous & de voftre Ama-
rante,

MONSIEVR,

Le tres-humble
Seruiteur, A.

é

PREFACE
CHAGRINE
ET BIZARRE.

Qv'il arriue bien des chofes impréueuës dans le Monde! & que les Hommes font aueugles dans ce qui regarde l'auenir! Qui m'eût dit le matin du iour de la Touffaints, que ie commencerois un Ouurage le lendemain, & que ie l'acheuerois dans trois iours! Ie l'aurois crû à peu pres comme ie croirois celuy qui me promettroit l'Empire du Sophy, du Grand

PREFACE.

Cham, ou du Grand Mogor. Ce-
pendant la chose est arriuée, & ie
me vois Autheur de nouueau, mal-
gré toutes les protestations que i'a-
uois faites à mes Amis de ne l'estre
de ma vie, & de ne chercher plus
la reputation par cette voye. Plu--
sieurs choses sembloient me confirmer
dans cette resolution ; mon âge, mon
employ, mes affaires particulieres,
ma raison, & ma memoire, qui me
faisoient ressouuenir que

Se voir en Autheur érigé,
Est vn sinistre préjugé
Pour la fortune d'vn jeune Homme.

Mais que tous mes motifs sont foi-
bles, quand l'Amour les combat, &
quand le Destin a écrit le contraire

ē̃ ij

PREFACE.

En effet, dès qu'on loüe ~un Ou-
urage,

Liuidus ecce negat.

Et si l'on continuë à le loüer,

Ecce iterum nigros contorsit liuidus vigues,

Il ne sçauroit estre assez clair pour
quelques-~uns, assez pur pour quel-
ques autres, ny assez court pour cer-
tains, qui dès la premiere page,
pe Ctant, ἐσχατοκωλικό. *Il est des*
bizarres qui ne le pourront souffrir,
s'il ne traitte de Philosophie, de
Theologie, de Medecine, ou de Iu-
risprudence. Quand on ne peut dire
autre chose contre ~un Liure, on luy
reproche son âge, & l'on dit que
τὸν λύχνον ἀπόζοιν. *S'il n'y a ny*
Grec ny Latin, on dit que l'Au-

PREFACE.

theur eſt vn ignorant ; & s'il y
en a, on l'accuſe d'eſtre Pedant.
Quelquefois meſme par la malice
& l'ignorance du Siecle, vn Ouurage quelque bon qu'il ſoit,

Nigrum cito raptur in culinam
Cordillas madidâ teget papyro
Vel thuris piperiſue erit cucullus.

Mais ce qu'il y a de plus cruel que
tout cela, c'eſt que ſouuent il compoſe pour faire compoſer vn autre,
qu'il taille de l'occupation à quelqu'vn ſans ſçauoir à meſme temps
qu'il taille ſa plume, & qu'il a la
douleur de voir vne ombre à ſon
Liure d'abord apres qu'il l'a mis
au iour. Par exemple, n'eſt-ce pas
vne choſe étrange, que l'Autheur

PREFACE.

fur fon Liure d'airain! Et que cet Ancien auoit bien rencontrè, qui di-foit, Ducunt volentes fata nolentes trahunt! Oüy, ce mefme Deftin, dont le pouuoir eft fi abfolu dans l'Empire des Lettres; luy qui a fait fucceder en France Racine à Corneille pour les Trage-dies, Boileau à Regnier pour les Sa-tyres, & le Pays à Voiture & à Balzac pour les Lettres galantes & pleines d'efprit. Ce mefme Deftin, dis-ie, (qui le croiroit) eft la caufe que ie fuis Autheur encore une fois, & que ie le fuis malgré tous les malheurs que ie reconnois infepara-bles de l'authorité.

Car helas! (cecy merite bien d'eftre mis en chef) un Autheur ne fçait

PREFACE.

ce qu'il fait quand il compose. Il
apprefte à rire à des Impertinens,
dont le nombre ne fut iamais plus
grand.

Mejores nufquam ronchi; juuenefque, fenefque
Et pueri nafum Rhinocerotis habent.

Il donne de la matiere à ces fortes de
gens qui ne vont chercher un Liure
nouueau chez un Libraire, que pour
dire qu'il ne vaut rien, apres l'auoir
leu. Il s'expofe à eftre volé, témoin
le fameux Scaurus de noftre Amie
l'incomparable Sapho.

> Vous ferez encore pillé,
> Prince de la Rime Normande:
> *Comme en cueillant vne Guirlande,*
> *On eft d'autant plus trauaillé.*

Il s'expofe à la rage des enuieux,

PREFACE.

En effet, dés qu'on loüe ~un Ou-
urage,

Liuidus ecce negat.

Et ſi l'on continuë à le loüer,

Ecce iterum nigros contorſit liuidus vignes,

Il ne ſçauroit eſtre aſſez clair pour
quelques-~uns, aſſez pur pour quel-
ques autres, ny aſſez court pour cer-
tains, qui dés la premiere page,
peſtant, ἐσχατοκωλικό. Il eſt des
bizarres qui ne le pourront ſouffrir,
s'il ne traitte de Philoſophie, de
Theologie, de Medecine, ou de Iu-
riſprudence. Quand on ne peut dire
autre choſe contre ~un Liure, on luy
reproche ſon âge, & l'on dit que
τὸν λύχνον ἀπόζοιυ. S'il n'y a ny
Grec ny Latin, on dit que l'Au-

PREFACE.

theur est un ignorant ; & s'il y
en a, on l'accuse d'estre Pedant.
Quelquefois mesme par la malice
& l'ignorance du Siecle, un Ouurage quelque bon qu'il soit,

> Nigrum cito raptur in culinam·
> Cordillas madidâ teget papyre·
> Vel thutis piperisuè erit cucullus.

Mais ce qu'il y a de plus cruel que
tout cela, c'est que souuent il compose pour faire composer un autre,
qu'il taille de l'occupation à quelqu'un sans sçauoir à mesme temps
qu'il taille sa plume, & qu'il a la
douleur de voir une ombre à son
Liure d'abord apres qu'il l'a mis
au iour. Par exemple, n'est-ce pas
une chose étrange, que l'Autheur

PREFACE.

du Démélé de l'Esprit & du Cœur n'en ait pû empescher l'Accommodement, & qu'il faille qu'vne Aminte qu'il ne connoist pas, se diuertisse aux despens de son Amarante? Ah! la dure fâcherie que c'est, de faire plus que l'on ne veut faire! Mais il n'y a point de remede à cela, que de s'en prendre à son Etoile, ou à celle qui dominoit lors de la composition de l'Ouurage, ou de se ietter dans le desespoir; & ie les desapprouue tous, comme violens & hors de saison. Pour reuenir à mon suiet, dont ie me suis éloigné depuis le commencement de cette Preface, ie dis que ie me suis obligé lors que i'y pensois le moins, à faire l'Accommodement de l'Es-

PREFACE.

prit & du Cœur, *que ma Maî-*
treſſe m'y engagea, & c'eſt tout
dire.

Car que ne peut l'Amour ſur les Gẽs de mõ âge?

J'employay donc trois ſoirées à
luy obeir, au bout deſquelles i'a-
cheuay cette Bagatelle, à l'Epiſtre
& à la Preface pres. J'aurois bien
employé huit iours à la compoſer,
pour la rendre un peu plus belle;
mais i'y aurois demeuré dauantage,
& i'aurois bien d'autres choſes à
faire, que de m'amuſer à la polir
pour mieux plaire au Lecteur. Ma
Maiſtreſſe l'a veuë, & l'a approu-
uée; Que le Lecteur ne l'approuue
pas s'il ne veut, du moins ne ſçau-
roit-il s'empeſcher de la voir & de

PREFACE.

la lire ; *Que s'il me traicte mal, &*
qu'il se moque de mon Ouurage, qu'il
songe qu'il peut bien deuenir Au-
theur aussi bien que moy, & que ce
sera pour lors qu'estant Lecteur
comme luy, ie gousteray le plaisir de
la vengeance.

A L'AVTHEVR.

NVI ne pouuoit, Amy, plus dignement que
    toy,
De l'*Esprit* & du *Cœur* appaiser la querelle;
    Car on ne voit point de modelle
    Qui les accorde mieux en soy.

T. D. L.

AV MESME.

QViconque osera le blâmer,
Ce Liure qui fait voir tant de beautez encloses,
Ou manquera d'Esprit pour bien juger des
    choses,
    Ou de Cœur pour sçauoir aimer.

T. D. L.

L'ACCOMMODEMENT
DE L'ESPRIT
ET DV CŒVR.

QVELQVE abfoluë &
fouueraine que foit
la Princeffe *Galanterie*,
particulierement dans fon
Ifle de la *Ruelle*, & quelque
pouuoir qu'elle ait furtout ce
qui touche l'*Efprit* & le *Cœur*,
ces deux fiers Ennemis ne
voulurent point s'arrefter à
l'accord qu'elle auoit voulu
faire entr'eux; & fe croyant
tous deux condamnez à tort,

ils murmurerent tous deux, &
ne fe tinrent ny l'vn, ny l'autre, à l'Accommodementqu'-
elle auoit moyenné.

L'*Efprit* fur tout faifoit ex-
traordinairement le fier, & fe
plaignoit à tout le monde de
l'injuftice de la Reyne. En effet, fans luy la Reyne ny le
Royaume ne fçauroient fub-
fifter vn moment. La *Galanterie* fans efprit n'eft plus *Galanterie*; & vne *Ruelle* fans efprit,
quelque nombreufe qu'en
foit l'Affemblée, reffemble
plutoft à vne Galerie de Por-
traits, qu'à vne veritable
Ruelle.

Quoy, difoit l'*Efprit*, auec

vn emportement le plus grand du monde.

> Ie ne puis donc plus qu'estimer,
> Qu'inuenter, que voir, que connaistre;
> Et quand il s'agira d'aimer,
> Le Cœur tout seul sera le Maistre.

Ah ! ie connois assez mon pouuoir, pour ne souffrir pas que les choses aillent ainsi, quoy qu'en ait ordonné la *Galanterie.*

> Car son injustice est extrème;
> Le Cœur qui se laisse enflamer,
> Sçait soûpirer, il sçait aimer,
> Mais l'Esprit sçait faire qu'on l'aime;
> Et iamais ce Cœur enflamé,
> Sans l'Esprit, ne seroit aimé.

Le *Cœur* d'autre costé voyant que l'*Esprit* se faschoit de cét Accommodement, resolut

auſſi de s'en faſcher luy-meſme, quoy qu'il luy fuſt tres-
auantageux, & qu'il y euſt eſté
fauoriſé. Il ſe plaignoit en
pluſieurs endroits contre la
Princeſſe *Galanterie*, en diſant,

> *Quoy donc, ie ne ſeray le Maiſtre,*
> *Que quand il s'agira d'aimer;*
> *Et l'on me defend d'eſtimer,*
> *D'inuenter, de voir, de connaiſtre?*

Depuis quand limite-t'on
ainſi mon authorité? qui ne
ſçait que la principale eſtime
eſt celle du *Cœur*, & qui doute
de ſes connoiſſances & de ſes
preſſentimens aux moindres
malheurs?

> *Entre Lycidas & Siluie,*
> *Il n'arriue iamais dépit,*

Querelle, abſence, ou jalouſie,
Que teüjours le Cœur ne l'ait dit.

C'eſt ainſi que ces deux Ennemis publioient par tout les
raiſons de leur mécontente-
ment. Ils n'en demeurerent
pourtant pas là, & leur querelle ne finit pas à de ſimples
paroles. Chacun taſcha de ſe
defendre des embuſches qu'il
préuoyoit bien que ſon Ennemy luy dreſſeroit ; Chacun
implore l'aſſiſtance de ſes
Amis, chacun leue le plus de
Trouppes qu'il peut ; enfin
chacun ſe tient ſur ſes gardes.

Mais que dans ce ſecond
Démelé de l' Eſprit & du Cœur, les
choſes eſtoient differentes du

A iij

premier! Plufieurs Amis, &
plufieurs Volontaires auoient
changé de party : fi bien que
celuy du *Cœur* fe vit fortifié
d'vne partie des troubles de
l'*Efprit*, à qui il ne refta que
l'*Eftime*, la *Prudence*, la *Nou-*
ueauté, la *Reflexion*, l'*Inconftance*,
la *Flatterie*, la *Curiofité*, la *Préfom-*
ption, & l'*Art*. Encore l'*Eftime*
n'y demeura t'elle, qu'à caufe
de la parenté qui eft entr'eux.
Car elle eft Fille de l'*Efprit*,
quoy qu'on luy ait voulu
donner le *Merite* pour Pere ;
le *Merite* en cette rencontre
n'eftant que le Nom de guerre
de l'*Efprit*.

L'Esprit enfante l'Estime,
Il l'éleue, il la nourrit ;
Et l'Estime qui naist d'ailleurs que de l'Esprit,
Passe quelquefois pour vn crime.

Pour la *Nouueauté*, elle n'a-
uoit garde de quitter l'*Esprit*
duquel elle est tant aimée, &
recherchée si soigneusement :
Chacun sçait,

Qu'en Prose, en vers, en fleurs, en habits, en beauté,
L'Esprit toûjours cherche la Nouueauté.

L'*Art* alloit tantost chez les
vns & tantost chez les autres,
& trompoit le plus souuent
tous les deux Partis. Il est vray
que le *Iugement* & la *Raison* se
jetterent dans les Trouppes de
l'*Esprit*, moins toutefois par
vne inclination qu'ils ayent

particulierement pour luy,
que par la haine naturelle
qu'ils portent à l'*Amour*, qui
eſt toûjours du coſté du *Cœur*.

Celuy-cy donc outre ſes
Trouppes ordinaires, auoit
encore la *Verité*, l'*Ambition*, l'*Eſ-*
perance, la *Ialouſie*, l'*Incertitude*, la
Credulité, & l'*Erreur*, qui ayant
abandonné l'*Eſprit* auec qui il
leur eſtoit impoſſible de viure
en bonne intelligence, ſe ran-
gerent du party du *Cœur* & de
l'*Amour*, les anciens Alliez.

> L'Eſprit auec la Verité
> Ne s'accordent pas bien enſemble;
> Celle-cy dit toûjours auec ſincerité
> La choſe comme elle luy ſemble;
> Mais l'autre ment auec eſprit,
> Et l'on ne doit iamais croire tout ce qu'il dit.

L'Esprit combat vne flâme naissante,
Il traitte ainsi l'Ambition,
Et contre cette passion
Il se tremousse & se tourmente,
Et se sert pour cela de la Reflexion.

L'Esperance & la Ialousie
N'abãdonnent iamais le cœur d'vn pauure Amant;
L'vne luy conserue la vie,
L'autre le met au monument;
Et c'est dans cette Incertitude
Que se laissant tromper à la Credulité,
Il croit que sa Maistresse est ou plus ou moins rude,
Ou pleine de douceur, ou pleine de fierté,
Selon ou qu'il l'a craint, ou qu'il l'a souhaité.

Voila comme toutes ces Passions se declarerent pour le *Cœur* contre l'*Esprit* : Elles voulurent changer de Deuise aussi bien que de Party.

La *Verité* quitta son Soleil, & prit vne Femme laide qui se démafquoit, auec ces mots, *per che lo celar*, Pourquoy le cacher? pour montrer qu'encore que la Verité ne foit pas toûjours agreable, il ne la faut pourtant iamais déguifer.

L'*Ambtion* auoit pour Deuife vn Cœur qui voloit, & ce mot, *Semper*, Toûjours; qui montroit la nature de cette paffion qui ne s'arrefte iamais.

Quand vn Amant poffede fa Maiftreffe,
Tous fes defirs font fatisfaits;
Mais vn ambitieux fait toûjours des fouhaits,
Pour de nouueaux honneurs toûjours fon cœur
s'empreffe,
Et ce qu'il a n'eft rien au prix de ce qu'il laiffe.

L'*Efperance* auoit fait peindre vn Malade couché dans vn Lit, auec cette ame, *Col tempo la*

sanità; faifant voir qu'il efpe-
roit du Temps la fanté que les
Remedes luy auoient refufée.

Quand vn Amant verfe des pleurs,
Et qu'il fouffre mille douleurs
Pour vne Maiftreffe cruelle,
Le feul remede à fes malheurs,
C'eft d'efperer que cette Belle,
Apres tant de marques d'amour,
Se laiffera flechir vn jour,
Et ne fera plus fi rebelle.

La *Ialoufie,* comme Suiuante
de l'*Amour,* portoit vn Soucy
tourné du cofté du Soleil, a-
uec ce Vers; *Ie crains qu'il n'aille*
chez quelque autre, au lieu qu'auparauant elle paffoit pour vne
maladie de l'Amour; elle portoit pour Deuife vn Lyon qui
trembloit, & ces mots pour

ame : *Ie ne la pers qu'auec la vie,* pour figurer que la Ialoufie tourmente continuellement cette Reyne des Paffions, comme la Fiévre ce Roy des Animaux, qui meurt dés qu'elle le quitte tout à fait, ainfi que l'Amour que la Ialoufie a quitté.

L'*Incertitude* prit vn Arbre coupé par le pied, qui fembloit balancer pour tomber, tantoft d'vn cofté, tantoft de l'autre, auec ces paroles, *Sa cheute eft incertaine* ; au lieu qu'auparauant elle auoit dérobé la Deuife de l'*Inconftance*, *Ad ogni vento*.

Pour l'*Erreur*, elle prit vn Ver luifant, auec ce mot,

Molti

Molti s'ingannano, Plusieurs s'y trompent.

Le *Cœur* auoit toûjours outre cela sa Suite accoûtumée, l'*Inclination,* la *Tendresse,* l'*Amour,* auec presque toutes les Passions, ausquelles il se changeoit quand il vouloit.

> *Alors qu'vn Amant outragé*
> *Pour vne Maistresse inhumaine,*
> *Semble auoir tout à fait changé*
> *Ses feux & son amour en haine:*
> *Quand il se fâche, ou qu'il se plaint,*
> *Qu'il témoigne de la colere,*
> *Qu'il jure, qu'il se desespere,*
> *Qu'il souffre, qu'il tremble, qu'il craint,*
> *Sa colere n'est pas extréme;*
> *Il ne hait pas, mais seulement il aime;*
> *Et s'il fait éclater son desespoir au jour,*
> *Il y fait encore mieux éclater son amour.*

Ces Trouppes par le commandement de leur Chef, es-

toient sur le poinct de donner
sur l'Ennemy, quand à la veuë
de l'*Esprit*, qui marchoit à la
teste de son Armée, le *Cœur* qui
estoit aussi à la teste de la sien-
ne, sentit en luy certains mou-
uemens secrets, qui le sollici-
toient à se r'accommoder a-
uec l'*Esprit*, auec qui il auoit
toûjours si bien vescu, sans se
mettre au hazard d'vne Ba-
taille. Quoy! disoit-il en luy
mesme,

Parce que certaine **Amarante**
A donné tout son cœur à certain **Clidamis**,
Et sa seule Estime à **Tirsis**,
Faut-il que pour cela, dis-je, ie me tourmente?
Certes ie n'en suis pas d'auis;
Qu'elle aime, ou n'aime pas quelqu'vn de ses Amis,
La chose m'est indiferente :
*Qu'*Amarante *aime, ou qu'elle estime,*

Tout cela ne me touche en rien ;
L'vn & l'autre des deux se peut faire sans crime,
Pourueu que l'on choisisse bien.

Pour moy ie ne veux pas entreprendre vne Guerre contre
l'*Esprit*, mon ancien Amy, sur
vn si leger fondement. Cette
pensée luy fit dépescher vn
Soûpir vers l'*Esprit*, pour luy
dire s'il vouloit s'aboucher
auec le *Cœur*, & tenter quelques voyes d'Accommode-
ment auant que d'en venir à
la mélée. L'*Esprit* y consentit,
& s'auança vers le *Cœur*, qui
luy venoit à la rencontre;
cettuy-cy accompagné de
l'*Amour*, & l'autre de l'*Estime* sa
Fille : Ie ne sçaurois vous ex-

primer la joye que ces deux
Chefs témoignerent reciproquement.

A cet abord le Cœur s'ouurit,
De son costé force tendresse,
Et force complimens du costé de l'Esprit,
Remplis de brillant & d'adresse.

Le *Cœur* parla le premier, &
demanda d'où pouuoit venir
leur querelle. L'*Esprit* répon-
dit qu'il ne pouuoit pas endu-
rer que le *Cœur*, à qui il auoit
rendu de si bons offices, voulut entreprendre sur ses droits
& le priuer d'vne partie de
l'honneur que ses actions luy
acqueroient. Pour s'éclaircir
dauantage de part & d'autre,
le *Cœur*, l'*Esprit*, l'*Amour*, & l'*E-*

stime, eurent vne Conuersa-
tion ensemble, où ils se dirent
à peu pres ces paroles.

LE COEVR.

Ie n'ay iamais refusé d'a-
noüer que ie vous dois beaucoup, & que mesme ie vous
suis obligé d'vne partie des
sentimens dont ie me fais
quelquefois honneur : vous
sçauez aussi de quelle maniere
i'en ay toûjours vsé enuers
vous, & si quand nous nous
sommes trouuez chez *Aminte*
ensemble, i'aye iamais rien
fait qui ait pû vous desobliger, & cependant ie vous vois
aujourd'huy furieusement

B iij

animé contre moy.

L'ESPRIT.

Noſtre Diferend ne vient
pas de chez *Aminte*, il vient de
chez *Amarante*, qui nous a
voulu ſeparer, & ſur ce pretexte vous auez obligé la
Reyne *Galanterie*, ie ne ſçay
comment, à faire noſtre Paix;
mais elle a eſté fort deſauanta-
geuſe pour moy, puis que l'on
m'y defend de me meſler en
quelque façon que ce ſoit de
ce qui touchera l'*Amour*.

Quoy! cette paſſion eſt-elle donc trop belle?
Ne ſuis-je pas aſſez galant?
N'oſeray-je m'approcher d'elle?
Et ſera)-,e toûjours Eſprit indifferent?

L'AMOVR.

Ah! malgré ce que la Rey-
ne a ordonné, ie confens, & le
Cœur ne me defauoüera pas,
que vous vous méliez toû-
jours de mes affaires, & que
vous m'accompagniez toû-
jours: Ie parle en cela pour
mon intereſt.

Car ce n'eſt pas le tout de dire lors qu'on aime,
l'ay pour vous vne ardeur extrême;
Ce n'eſt pas tout de ſoûpirer,
Ny de gemir, ny de pleurer,
Il faut parmy ces mots, ces ſoûpirs & ces larmes,
Que l'Eſprit y meſle ſes charmes,

LE COEVR.

Ie confens fort volontiers
à cette Propoſition; mais auſſi

ie ne veux pas qu'il me foit defendu d'eftimer, ny de connoiftre.

L'ESPRIT.

Pour le premier vous aurez peine à l'obtenir ; car l'*Eftime* qui ne m'abandonne iamais, n'y confentira pas ; & quoy que vous difiez qu'il y a vne *Eftime du Cœur*, fi vous la pouuez diftinguer d'auec l'*Amour naiffante*, on vous accordera ce que vous voudrez. L'*Eftime* eft proprement l'*Amour de l'Efprit*, & l'*Amour* n'eft autre chofe que l'*Eftime du Cœur*.

Le Cœur n'eftime qu'en aimant;
L'Efprit n'aime qu'en eftimant.

L'ESTIME.

Il n'eſt rien de plus juſte que ce que dit l'*Eſprit*, & ie ne crois pas que vous y contre-diſiez.

LE COEVR.

Non, tout ce que ie vous demande, c'eſt que vous per-mettiez quelquefois à l'*Amour* de ſe déguiſer ſous le nom d'*Eſtime*.

Celle qui refuſe d'aimer,
Ne refuſe pas d'eſtimer,
Quoy que ſouuent elle faſſe le meſme
Quand elle eſtime & quand elle aime.

L'ESPRIT.

L'*Amour* paroiſt toûjour

ce qu'il est, quelque déguise-
ment dont il se serue ; & il ne
faut pas estre des plus éclai-
rées pour le differencier d'a-
uec l'*Estime*.

Iamais l'*Amour* n'est sans inquietude,
    Il treuue de secrets appas
Dans les deserts & dans la solitude ;
    Et l'*Estime* ne s'y plaist pas.

    L'*Amour* pour le moindre martyre
    Se met d'abord à murmurer,
    Il se fasche, il pleure, il souspire ;
    L'*Estime* ne sçait pas pleurer.

    L'*Amour* est d'humeur liberale,
    Il est prodigue de son bien,
    Par tout ses faueurs il étale ;
    Et l'*Estime* ne donne rien.

    L'*Amour* dans son zele extréme
    Semble se plaire & se nourrir,
    En souffrant pour l'objet qu'il aime ;
    L'*Estime* ne veut rien souffrir.

L'Amour abhorre l'Inconstance,
Il sert vn objet jusqu'au bout.
Il ne bouge de sa presence;
Et l'Estime s'en va par tout.

L'Amour de rien fait vn mystere,
Il dit des secrets tous les jours.
Il aime sur tout à se taire;
Et l'Estime parle toûjours.

Enfin l'Amour est toûjours en cervelle,
Il ne se repose iamais,
Il a toûjours, ou dépit, ou querelle;
Et l'Estime est toûjours en paix.

Toutes ces raisons n'empescheront pourtant pas qu'il ne puisse se seruir du nom de l'*Estime*, quand il le trouuerra à propos pour le bien de ses affaires, & pour l'agrandissement de son Empire.

L'AMOVR.

Ie n'en souhaitois pas dauantage, quoy qu'il soit vray
de dire qu'en bien des rencon-
tres l'*Amour* & l'*Estime* se res-
semblent si bien, que l'on s'y
laisse tromper.

Si l'*Amour* est obligeant,
L'*Est me* est fort obligeante;
L'*Amour* est fort engageant,
Et l'*Estime* est engageante.

Si l'*Amour* est complaisant,
L'*Estime* est bien complaisante;
L'*Amour* est satisfaisant,
L'*Estime* est satisfaisante.

Si l'*Amour* donne des fleurs,
Si l'*Amour* conte douceurs,
S'il dit cent galanteries,

S'il est gay, s'il est content,
S'il fait cent badineries,
L'*Estime* on peut faire autant

Cependant ie voudrois bien sçauoir s'il est vray que vous ayez esté de ceux qui conspirerent contre moy lors que i'estois encore jeune, comme on me le vouloit persuader lors de nostre premier *Démelé*.

L'ESPRIT.

Ie vous assure que non, & bien loin de là, ie m'opposay toûjours à la *Raison* vostre mortelle ennemie, qui ne respiroit que vostre ruine, & vostre aneantissement. Et entre nous, pour dire les choses comme elles sont, ie vous ay obligation d'vne partie de ce que ie suis.

C

Sans cette douce paſſion
L'Eſprit demeureroit ſans occupation,
Il ſeroit toujours inutile;
Et languiſſant dans cette oiſiueté,
Il perdroit ſa viuacité,
Et deuiendroit tout infertile :
Au lieu qu'eſtant éueillé par l'Amour,
Il eſt bien peu d'heures au jour
Qu'il ne s'occupe à quelque choſe;
Tantoſt il parle, & tantoſt il compoſe,
Il eſt toûjours en action,
Pour s'acquerir vne Maiſtreſſe,
Il cherche quelque inuention
Pour luy perſuader ſon inclination.
Apres auoir gagné le cœur de cette Belle,
Il trauaille en apres pour le conſeruer;
S'il arriue quelque querelle,
Il trauaille pour l'appaiſer,
Et ſe mettre bien auec elle.

Enfin, ie dis encore, & il eſt vray, que ſans l'*Amour* ie ne ſerois rien moins que ce que ie ſuis. Cela me fait reſſouuenir d'vne choſe qu'il faut que le

Cœur me die. Eſt-il vray ce
que l'on publioit auſſi du
temps de noſtre *Démelé*, tou-
chant la bizarre origine de
l'*Inclination*, que des moitiées
d'Etoiles nées du *Flambeau de
l'Amour*, viennent animer nos
corps, & que chacune de ſes
moitiées cherche ſon autre
moitié, & que de là vient l'*Inclination*?

LE COEVR.

Que cette imagination eſt
bourruë! ie ne crois pas que ce
ſoit vous qui l'ayez inſpirée à
celuy qui l'a inuentée: Ie l'a-
uois bien oüy attribuër au-
trefois à l'Androgyne de Pla-

ton, & il n'eſtoit pas extraor-
dinaire, que les deux moitiées
d'vn Homme partagé ſe cher-
chaſſent pour ſe réünir : l'a-
uois oüy dire à Adamas, quoy
qu'aſſez confuſément, qu'elle
venoit de l'intelligence de la
Planette qui dominoit lors
que l'ame eſtoit creée ; i'auois
oüy parler de l'Aimant des
Ames, & des merueilleux
Pommiers de Pilade & d'O-
reſte, dont l'effet eſtoit qu'on
n'auoit pas pluſtoſt mangé des
Pommes de l'vn, qu'on deue-
noit amoureux du premier
qui mangeoit des Pommes de
l'autre. Mais de dire que des
moitiées d'Etoiles viennent

animer nos Ames, c'est ce qui
est du tout extrauagant, & il
faut auoir eu trois quarts de
Lune dans la teste, pour s'estre
imaginé ces moitiées d'Etoiles dans l'Ame. Mais laissant
ces bagatelles, songeons à
nous mettre bien ensemble.
I'auouë que dans nostre *Démélé* il y a du mal entendu & de
l'imprudence; la fantasque
inclination d'*Amarante* nous a
esté contagieuse; prenons si
bien nos mesures pour l'auenir, que nous n'ayons plus aucun *Démélé*. Nous auons pour
cela la belle *Aminte*, dont ie
vous parlois tantost, chez laquelle nous pourrons viure

en bonne intelligence. Il y a long-temps qu'elle a choisi le cœur & l'esprit de Cleandre, pour estre les objets de son estime & de son amour ; & comme elle a elle-mesme le cœur tendre & l'esprit éclairé, elle nous a toûjours voulu auoir l'vn & l'autre. Vne preuue de sa tendresse & de son esprit, ce sont ces Vers qu'elle composa il y a quelque temps, apres auoir demeuré cinq ou six jours à voir son Amant.

TRIOLETS.

Qu'vne jeune ame amoureuse
Paſſe de mauuaiſes nuits :
Nul n'en connoiſt les ennuis,

Qu'vne jeune ame amoureuse,
Pour moy i'apprens, malheureuse,
Par l'estat auquel ie suis,
Qu'vne jeune ame amoureuse
Passe de mauuaises nuits.

Trois ou quatre jours d'absence
Me mettent au monument,
Et ie crains de mon Amant
Trois ou quatre jours d'absence,
De peur d'vne indifference,
Ou de quelque changement;
Trois ou quatre jours d'absence
Me mettent au monument.

Ie n'ose dire que i'aime
Quand mon cœur brûle d'amour:
Encor que i'aime à mon tour,
Ie n'ose dire que i'aime;
Et par vn malheur extréme,
Ma honte croist chaque jour;
Ie n'ose dire que i'aime,
Quand mon cœur brûle d'amour.

Dieux! à quoy me sert cette ame,
Que l'amour peut enflâmer?
Et puis que ie n'ose aimer,
Dieux! à quoy me sert cette ame?

Que s'il faut cacher ma flâme,
Aux yeux qui m'ont pû charmer?
Dieux! à quoy me sert cette ame,
Que l'amour peut enflâmer?

L'ESPRIT.

Ie vous auouë que ces Vers font auſſi remplis d'eſprit que d'amour ; ils me remettent en memoire vn Madrigal que *Cleandre* fit pour elle, pouſſé par vn tranſport d'amour, & animé d'vn feu d'eſprit tout particulier.

MADRIGAL.

Sur la Terre, ny dans les Cieux,
Il n'eſt rien de plus beau qu'Aminte,
Sa diuine beauté ne deuroit faire atteinte,
Que ſur les libertez des Dieux:
Cedez pourtant, Galans audacieux,
Cedez, Beautez, ie vous le dis ſans ſeinte,

Admirez l'éclat de ses yeux,
Et tremblez de crainte,
Puis que dans ces lieux,
Sur la Terre ny dans les Cieux,
Il n'est rien de si beau qu'Aminte.

L'ESTIME.

Ah! que i'estime particu-
lierement *Aminte* & *Cleandre*,
quoy que ie ne les connoisse
que par le rapport que vous
venez d'en faire!

L'AMOVR.

Et moy que ie les aime,
parce qu'ils sçauent si bien
aimer!

L'ESPRIT.

Ah! qu'ils ont l'esprit bien
tourné!

LE COEVR.

Ah! qu'ils ont le cœur tendre!

L'ESPRIT.

Hé bien, puis qu'*amarante* & *Clidamis* font la caufe de noftre diuifion, qu'*Aminte* & *Cleandre* foient celle de noftre Accommodement.   Mais comme ce ne fera pas chez eux feuls que nous nous rencontrerons, ie crois qu'il ne feroit pas mauuais de faire quelques conuentions qui regleront la conduite & le pouuoir des vns & des autres.

Chacun approuua cette

proposition, & d'abord l'*Esprit* coucha les Articles suiuans, qu'ils promirent d'obseruer inuiolablement par tout où ils se rencontreroient.

Articles de l'Accommodement de l'Esprit & du Cœur.

ARTICLE I.

IL sera permis à l'*Esprit* de donner vn objet à son *Estime*, & au *Cœur* d'en donner vn autre à son *Amour*, quoy que cela ne se doiue faire que le moins qu'il sera possible.

II.

Quand cela arriuera, l'*Esprit*
doit auoir cette déference
pour le *Cœur*, qui eft fon aifné,
qu'il ne doit point eftimer
l'Ennemy ou le Riual de celuy
que le *Cœur* aimera ; que fi l'*Ef-*
prit ne pouuoit pas s'en defendre, à caufe des belles qualitez
qui pourroient fe rencontrer
dans ce qu'il eftimeroit, il fera
obligé de cacher cette *Eftime*
comme vn crime, de s'en defendre, & de la defauoüer.

III.

Il faut autant que l'on pourra, que le *Cœur* faffe le mefme
choix pour l'objet de fon
Amour, que l'*Esprit* aura fait

pour l'objet de son *Estime*, &
de mesme que l'*Esprit* estime
celuy que le *Cœur* aimera déja.

IV.

Ny l'*Esprit*, ny le *Cœur*, ne feront aucune difficulté de s'in-
sinuer par la faueur de l'*Estime*
ou de l'*Amour* ; ainsi l'*Estime*
pourra introduire le *Cœur*, &
l'*Amour* pourra introduire
l'*Esprit*.

V.

L'*Esprit* pourra choisir pour
objet de son *Estime* huit ou
dix differentes personnes, &
mesme dauantage s'il veut,
sans que le *Cœur* en puisse choisir qu'vne pour l'objet de son
Amour.

D

VI.

S'il fe trouue qu'vne de ces
diuerſes perſonnes choiſies
par l'*Eſprit* pour l'objet de ſon
Eſtime, ſoit auſſi choiſie pour
le *Cœur* pour l'objet de ſon *A-
mour*; l'*Eſprit* ne ſera pas obligé de ſe défaire des autres objets de ſon *Eſtime*; mais ſeule-
ment il ſera obligé d'augmen-
ter ſon *Eſtime* pour celuy que
le *Cœur* aura choiſi.

VII.

Il faut que l'objet que l'*Eſprit* aura choiſi pour ſon *Eſtime*,
ait luy-meſme de l'*Eſprit*; car
autrement il entreprendroit
ſur les droicts du *Cœur*, qui a la
liberté de choiſir pour objet

de son *Amour*, vne personne sans *Esprit*.

VIII.

De mesme il faut que l'objet que le *Cœur* aura choisi pour son *Amour*, ait aussi de l'amour & de la tendresse, ou qu'il donne esperance d'en auoir vn jour, autrement il entreprendroit sur l'*Esprit*, qui seul a le priuilege de choisir pour l'objet de son *Estime*, vne personne indifferente.

IX.

Ceux & celles qui sans se soucier de donner vn objet d'*Amour* à leur *Cœur*, se contenteront d'en auoir vn que leur *Esprit* estime, seront nommez

D ij

X.

Ceux, au contraire, qui ne feront qu'aimer fans eftimer rien, non pas mefme ce qu'ils aimeront, pafferont pour *Fantafques*, pour *Bizarres*, & pour quelque chofe de plus.

X I.

Quand l'*Efprit* & le *Cœur* au-ront fait vn mefme choix, ils s'aideront reciproquement l'vn l'autre pour fe le confer-uer, ou du moins pour fe l'ac-querir : L'*Efprit* tâchera de faire aimer le *Cœur*, & le *Cœur* fe rangera du cofté de l'*Efprit* pour le faire eftimer,

Bien qu'il semble qu'asseurément
L'effet de leur secours ne sera pas de mesme,
Car le Cœur peut plus aisément
Faire estimer l'objet qu'il aime,
Que l'Esprit ne peut faire aimer
L'objet qu'il a déja commencé d'estimer.

XII.

Quand l'*Esprit* & le Cœur seront reciproquement estimez
de la personne qu'ils auront
choisie; c'est à dire, quand ils
seront eux-mesmes les objets
de son *Amour* & de son *Estime*,
il sera permis pour lors à l'*Es-*
prit d'auoir des conuersations
galantes & spirituelles auec la
personne qu'il estime, sans
que l'*Amour* y soit meslé en aucune façon, & sans qu'il pût
s'en fâcher quand il le sçau-

D iij

r oit; auſſi le *Cœur* aura la liberté de paſſer des heures en-
tieres, meſme des journées,
auec l'objet de ſon *Amour*, ſans
dire quoy que ce ſoit de galant, ny de ſpirituel, mais ſeu-
lement à luy proteſter qu'il
l'aime, & cela plutoſt par les
yeux que par la bouche, plutoſt par ſon ſilence que par ſes
paroles, & plutoſt du cœur
que de l'eſprit.

Ces Articles ayant eſté
montrez aux deux Partis, &
approuuez de tous les deux;
les Chefs apres auoir juré l'e-
xecution, congedierent leurs
Trouppes. L'*Eſprit* retint ſeu-
lement l'*Eſtime* auec luy, & l'*A-*

mour demeura seul auec le *Cœur.*

Celuy-cy pour faire voir comme il agissoit de bonne foy dans cet Accommode-ment, laissa l'*Amour* auec l'*Es-prit*, comme pour Ostage, & pour vne plus entiere asseu-rance de sa parole. L'*Esprit* ayant esté contraint de le re-ceuoir, luy fit vn accueil pro-portionné à sa qualité, & à son merite, & mena bien tost a-pres son nouuel Hoste dans les beaux yeux de la belle *Aminte,* où il habite ordinai-rement.

C'est pourquoy dans les yeux d'Aminte
On voit tant d'Esprit & d'Amour,
Dont les feux la nuit & le jour,

(Sans que iamais leur ardeur soit éteinte)
Brûlent & brillent tour à tour.

L'*Esprit* de son costé en vouloit vser aussi genereusement,
& laisser l'*Estime* auec le *Cœur*;
mais le *Cœur* n'y voulut iamais
consentir, afin qu'il ne fut pas
dit que l'*Esprit* l'égalast en ge-
nerosité.

Les plus Politiques neantmoins, & ceux qui estoient
dauantage du Cabinet, n'at-
tribuoient pas le procedé du
Cœur, à vn motif de pure gene-
rosité, ils disoient qu'il auoit
enuoyé l'*Amour* chez l'*Esprit*
sous vn pretexte fort appa-
rent & fort specieux, mais que
dans la verité il l'auoit fait

plutost pour donner à l'*Esprit*
vn Espion qu'vn Ostage : en
effet, l'*Amour* est fort propre
pour cette occupation.

Bien que l'Esprit soit tres-habile,
Que rien ne luy soit difficile,
Il faut qu'il sçache bien dupper,
Si l'Amour s'y laisse tromper.

Il y auoit beaucoup de Gens
qui ne pouuoient pas soup-
çonner le *Cœur* de tant d'a-
dresse, & de si peu de franchi-
se ; mais ceux là ne sçauoient
pas que,

Tout dissimule en ce siecle trompeur,
Sans mesme en excepter le Cœur,
Il n'est pas ce qu'il deuroit estre,
Il ne se montre pas tousjours,
Car il a cent replis, cent tours & cent détours
Qu'il n'est pas aisé de connestre.

Toutes ces choses ne furent
pas plutost acheuées, que l'*Esprit* & le *Cœur*, ces deux Ennemis reconciliez, furent ensemble chez l'incomparable
Amintc. Elle auoit sceu & veu
leur premier *Demeslé*, & elle ne
l'auoit pas approuué; si bien
qu'elle fut fort aise d'apprendre leur *Accommodement*, & elle
ne tira pas peu de gloire d'en
estre la cause.

D'ailleurs, la *Galanterie* trouua fort mauuais qu'on ne se
fut pas tenu à ce qu'elle auoit
ordonné, du consentement,
disoit-elle, de toute la *Ruell*;
mais ce qui acheua de la desobliger entierement, fut qu'on

auoit méprifé fon authorité,
& qu'on s'eftoit accommodé
fans fon entremife, fans fa
participation, mefme fans
l'en auoir en aucune façon
auertie. Elle s'en plaignit à
Amarante, laquelle furieufe-
ment outrée de ce qui s'eftoit
paffé, & fur tout du nouuel
honneur que l'*Efprit* & le *Cœur*
faifoient à *Aminte,* fe plaignit
de fon cofté à la Reyne. Elles
fe plaignoient auec d'autant
plus de fujet qu'elles eftoient
toutes deux dans l'impoffibi-
lité de fe venger.

Cependant dans les Con-
uerfations de l'Ifle de la *Ruelle,*
on ne parloit d'autre chofe

que des Nouuelles de cet *Ac-*
commodement, & des Articles
dont l'*Esprit* & le *Cœur* estoient
conuenus Il y en eut qui dou-
terent qu'ils pussent estre ob-
seruez. Le huitiéme entr'autres leur sembla de difficile
execution : il defend au *Cœur*
d'aimer s'il n'est aimé, ou s'il
n'espere de l'estre vn jour; cela
fit naistre cette Question, Si
vn cœur qui sçauroit qu'il ne
seroit iamais aimé, cesseroit
d'aimer pour cela.   Les vns
disent,

Que bien qu'vn cœur perde l'espoir
D'estre iamais aimé de celle qu'il adore,
Il ne laisse pas de la voir,
Et mesme de l'aimer encore.
Il retrouue tousjours dans la mesme personne

Les mesmes traits & les mesmes appas,
Pour lesquels sans que rien l'étonne,
Il courroit encore au trépas.
Certes, s'il raisonnoit, il ne le feroit pas;
Mais iamais le Cœur ne raisonne.

Neantmoins la plus grande
& la plus saine partie n'estoient pas de ce sentiment ; ils
disoient au contraire,

Le Cœur n'est iamais sans desirs;
Dés lors qu'il perd l'espoir d'auoir ce qu'il desire,
Il ne pousse plus de soûpirs,
Il ne veut plus viure dans le martyre,
Ny souffrir aucuns déplaisirs ;
Il se lasse de sa constance,
Et dés le mesme jour
Qu'il quitte l'esperance,
Il quitte son amour.

De cette Question on passa à
l'accord de l'*Esprit* & du *Cœur*, dont
on parla pendant quelque temps:
On dit que leur vnion n'estoit

E

pas vne chofe nouuelle, & qu'ils
auoient toûjours efté bien enfem-
ble auparauant ; l'on dit mefme
que c'eftoit la caufe pour laquelle
tous les Poëtes eftoient amoureux. Ce n'eft pas que cette opi-
nion fut generalement receuë;
bien loin de là, les fentimens furent prefque tous diferens. Les
vns difoient que tous les Poëtes
eftoient amoureux, parce qu'ils
font Hommes, & que tous les
Hommes le font vne fois en leur
vie. Les autres tournant cette
Queftion en raillerie, dirent que
la raifon pour laquelle tous les
Poëtes auoient de l'amour, eftoit
que cette paffion eftant vn déreglement de la Raifon, & la Poëfie
vn déreglement de l'Efprit, les
Poëtes & les Amoureux eftoient
également fous les vns & les autres, & qu'ainfi il n'y auoit rien

de moins furprenant que de voir
vn Poëte amoureux : mais l'opi-
nion la plus fuiuie fut celle de ceux
qui prenant le party de l'Amour
& de la Poëfie. dirent que l'Amour
eftoit le caractere d'vne Ame
grande, & la paffion des Cœurs
vrayement nobles ; que la Poëfie
eftoit vne marque infaillible d'vn
bel Efprit, produit par vn mélange
de feu, d'imagination, de fçauoir,
& de memoire ; & qu'ainfi les
Poëtes ayant plus d'efprit que les
autres Hommes, ils remarquoient
& connoiffoient mieux auffi la
beauté, la grandeur, & la nobleffe
de l'Amour, dont ils parlent fi fça-
uamment dans leurs Ouurages ; &
que la connoiffant fi parfaitement,
il leur eftoit impoffible de ne la
fuiure pas, & de ne s'y adonner pas
tous entiers. Ces entretiens, ou
plufieurs autres pareils fur le mef-

me sujet, ayant duré quelques jours
dans l'Isle, cesserent enfin à me-
sure que la matiere cessoit d'en
estre nouuelle. Pour *Amarante* &
la Reyne *Galanterie*, elles receurent
du temps le remede qui appaisa
leur colere, & acheua d'assoupir
leur ressentiment. Seulement la
Reyne protesta qu'elle ne se mé-
leroit plus des affaires, ny des in-
terests de l'*Esprit*, ny du *Cœur*, qu'.
autant qu'elle y seroit obligée
pour se mieux diuertir ; à quoy
elle se vouloit toute adonner dore-
nauant.

F I N.

www.ingramcontent.com/pod-product-compliance
Lightning Source LLC
Chambersburg PA
CBHW070806260626
47161CB00006B/2174